Wie gut kennt ihr euch wirklich?

Das Quiz für Paare

riva

Vorwort

Es ist schon ein genialer Schachzug der Natur, dass man auch in einer langen Beziehung immer wieder von seinem Partner überrascht wird. Da schläft man unzählige Male nebeneinander ein und spricht über Gott und die Welt und denkt, man wisse schon alles über den anderen. Und dann füllt man dieses Buch gemeinsam aus und stellt fest, dass es so vieles gibt, was man nicht über den anderen weiß – und vielleicht nicht einmal ahnte. All die geheimen Wünsche, verborgenen Gedanken und verblassenden Kindheitserlebnisse, über die – warum auch immer – nie gesprochen wurde.

Die Fragen in diesem Buch beantwortet jeder erst für sich selbst, was an sich schon eine unterhaltsame Selbstreflexion darstellt, und schreibt dann auf, was der Partner darauf wohl antworten würde.

Dabei erfährt man nicht nur viel über sich selbst und seinen Partner, noch viel spannender ist oft, wie einen der Partner einschätzt und welche Erwartung man selber an sein Gegenüber besitzt.

Wie gut kennt ihr euch wirklich? ist ein außerordentlich unterhaltsames und lustiges Quiz, das ganz beiläufig etwas schafft, was nach meiner Erfahrung als Therapeut wirkt wie eine Art Leim für Beziehungen: Nähe und Vertrauen.

Ich wünsche euch viel Vergnügen!

Euer
David Tripolina

So spielt man

1. Beantworte erst die jeweilige Frage über dich.
2. Fülle direkt daneben aus, was du denkst, das dein Partner auf diese Frage antworten würde.
3. Decke die Antworten mit der Klappe des Buchs zu.
4. Reiche das Buch an deinen Partner weiter, der dieselben Fragen auf der gegenüberliegenden Seite ausfüllt, ohne deine Antworten zu kennen.
5. Öffnet die Klappen und lest gegenseitig eure Antworten.
6. Fallt euch kichernd in die Arme.

ANTWORT

über

Habe ich schon einmal
die Polizei angelogen?

Würde ich mir für eine
Million Euro eine Werbung
ins Gesicht tätowieren lassen?

Würde ich für eine Million Euro
auf zehn Lebensjahre verzichten?

ANTWORT

über

Habe ich schon einmal
die Polizei angelogen?

Würde ich mir für eine
Million Euro eine Werbung
ins Gesicht tätowieren lassen?

Würde ich für eine Million Euro
auf zehn Lebensjahre verzichten?

ANTWORT

♡ *über* ♥

Welche ist meine Lieblingsfarbe?

Welches Auto würde
ich gerne fahren?

Was ist mein Lieblingsfilm?

Wie geizig bin ich?

gar nicht *sehr*

gar nicht *sehr*

Antwort

über

Welche ist meine Lieblingsfarbe?

Welches Auto würde
ich gerne fahren?

Was ist mein Lieblingsfilm?

Wie geizig bin ich?

gar nicht *sehr*

gar nicht *sehr*

ANTWORT

über

Wie alt war ich bei
meinem ersten Kuss?

Wohin würde ich gerne reisen?

Welche Droge würde ich
gerne mal probieren?

Antwort

über

Wie alt war ich bei
meinem ersten Kuss?

Wohin würde ich gerne reisen?

Welche Droge würde ich
gerne mal probieren?

ANTWORT

über

gar nicht — sehr

Wie sexy bin ich?

gar nicht — sehr

Welche Eissorte mag ich am liebsten?

Bei welchem Gericht
wird mir schlecht?

Welchen Cocktail trinke
ich am liebsten?

ANTWORT

über

Wie sexy bin ich?

gar nicht — *sehr*

gar nicht — *sehr*

Welche Eissorte mag ich am liebsten?

Bei welchem Gericht
wird mir schlecht?

Welchen Cocktail trinke
ich am liebsten?

ANTWORT

über

Welche Charaktereigenschaft verstärkt sich bei mir, wenn ich betrunken bin?

Diesen Tick habe ich:

Was ist mein größtes Talent?

Antwort

über

Welche Charaktereigenschaft verstärkt sich bei mir, wenn ich betrunken bin?

Diesen Tick habe ich:

Was ist mein größtes Talent?

ANTWORT

über

In welchem Moment habe
ich mich in dich verliebt?

Wenn ich ohne Strafe eine
kriminelle Tat durchführen
dürfte, welche wäre das?

Hat schon mal jemand
meinetwegen die Polizei gerufen?

Antwort

♥ über ♡

In welchem Moment habe ich mich in dich verliebt?

Wenn ich ohne Strafe eine kriminelle Tat durchführen dürfte, welche wäre das?

Hat schon mal jemand meinetwegen die Polizei gerufen?

ANTWORT

über

Angenommen, ich wäre
wiedergeboren, was bin ich in
meinem letzten Leben gewesen?

Welche Sendung könnte
ich gut moderieren?

Welchen Superhelden könnte
ich gut darstellen?

ANTWORT

♥ über ♡

Angenommen, ich wäre wiedergeboren, was bin ich in meinem letzten Leben gewesen?

Welche Sendung könnte ich gut moderieren?

Welchen Superhelden könnte ich gut darstellen?

ANTWORT

♡ über ♥

In welchem Schulfach war
ich am schlechtesten?

Wenn ich für einen Tag das
Geschlecht wechseln könnte,
dann würde ich als erstes ...

Wenn ich ein Pornostar wäre, würde
dieser Name gut zu mir passen:

ANTWORT

über

In welchem Schulfach war ich am schlechtesten?

Wenn ich für einen Tag das Geschlecht wechseln könnte, dann würde ich als erstes ...

Wenn ich ein Pornostar wäre, würde dieser Name gut zu mir passen:

ANTWORT

über

gar nicht — sehr

Wie eifersüchtig bin ich?

gar nicht — sehr

Wenn ich heute kostenlos eine Schönheits-OP vornehmen lassen könnte, würde ich ...

Welche ist die Charaktereigenschaft, die ich am wenigsten an mir leiden kann?

ANTWORT

über

Wie eifersüchtig bin ich?

gar nicht — sehr

gar nicht — sehr

Wenn ich heute kostenlos eine Schönheits-OP vornehmen lassen könnte, würde ich ...

Welche ist die Charaktereigenschaft, die ich am wenigsten an mir leiden kann?

ANTWORT

über

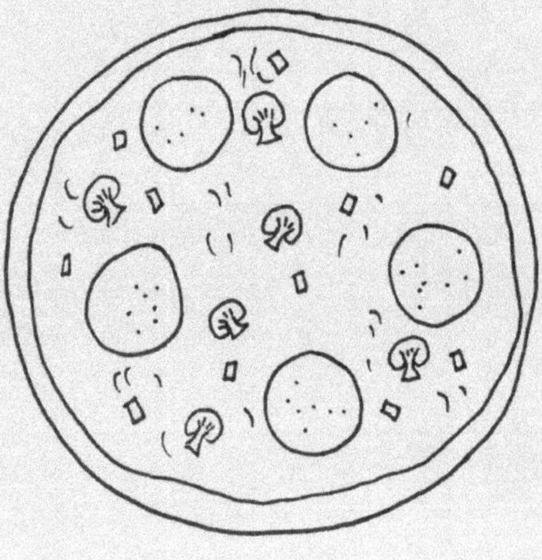

Wenn wir eine Pizza teilen müssten,
wie groß wäre dann dein
Stück und wie groß meins?

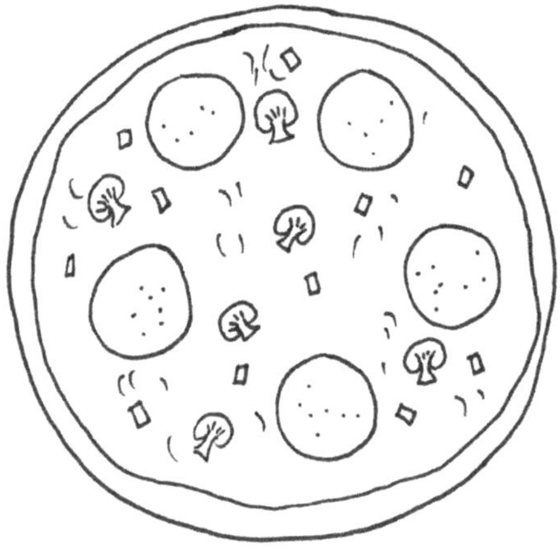

Wenn wir eine Pizza teilen müssten,
wie groß wäre dann dein
Stück und wie groß meins?

Antwort

♥ über ♡

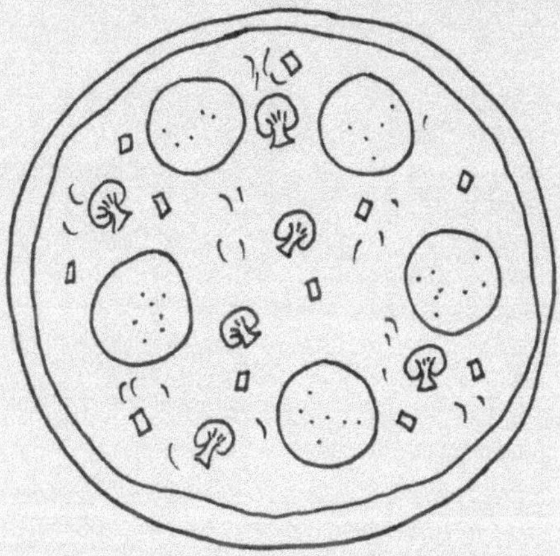

Antwort

über

In welcher längst vergangenen Epoche hätte ich gerne gelebt?

Wann war ich am betrunkensten, als wir zusammen waren?

Wenn ich bei einem Brand nur einen Gegenstand aus dem Haus retten könnte – welcher wäre das?

ANTWORT

über

In welcher längst vergangenen Epoche hätte ich gerne gelebt?

Wann war ich am betrunkensten, als wir zusammen waren?

Wenn ich bei einem Brand nur einen Gegenstand aus dem Haus retten könnte – welcher wäre das?

ANTWORT

♡ über ♥

Würde ich lieber eine Woche
ohne Sex oder ohne mein
Smartphone auskommen?

Welches ist der teuerste Gegenstand,
den ich jemals gekauft habe?

Wenn ich dich zu allem
überreden könnte, wozu
würde ich dich überreden?

ANTWORT

über

Würde ich lieber eine Woche ohne Sex oder ohne mein Smartphone auskommen?

Welches ist der teuerste Gegenstand, den ich jemals gekauft habe?

Wenn ich dich zu allem überreden könnte, wozu würde ich dich überreden?

ANTWORT

über

Was war mein erster Gedanke,
als ich dich gesehen habe?

Wer ist mein schärfster Kritiker?

Würde ich dich essen, wenn
es die einzige Möglichkeit
für mich wäre, zu überleben?

Wie launisch bin ich?

gar nicht *sehr*

gar nicht *sehr*

Was war mein erster Gedanke,
als ich dich gesehen habe?

Wer ist mein schärfster Kritiker?

Würde ich dich essen, wenn
es die einzige Möglichkeit
für mich wäre, zu überleben?

Wie launisch bin ich?

gar nicht — *sehr*

Antwort

über

gar nicht — *sehr*

ANTWORT

über

Bin ich in der Beziehung eher der dominante oder der devote Partner?

Was erregt mich mehr: Schönheit oder Intelligenz?

Wenn wir beide eine Reise gewinnen würden, wo würde ich mit dir hinfahren?

ANTWORT

über

Bin ich in der Beziehung eher der dominante oder der devote Partner?

Was erregt mich mehr: Schönheit oder Intelligenz?

Wenn wir beide eine Reise gewinnen würden, wo würde ich mit dir hinfahren?

ANTWORT

über

Was ist mein größter
Schönheitsmakel?

Welche Eigenschaft darf mein
Partner auf keinen Fall besitzen?

In welchen Situationen findest
du mich unausstehlich?

Antwort

♥ über ♡

Was ist mein größter
Schönheitsmakel?

Welche Eigenschaft darf mein
Partner auf keinen Fall besitzen?

In welchen Situationen findest
du mich unausstehlich?

ANTWORT

über

gar nicht — sehr

Wie emanzipiert bin ich?

gar nicht — sehr

Was war das schönste Geschenk, das ich von dir bekommen habe?

Welches Lied treibt mich augenblicklich auf die Tanzfläche?

Was war der schönste Ort, an dem ich jemals gemeinsam mit dir war?

ANTWORT

über

Wie emanzipiert bin ich?

gar nicht — sehr

gar nicht — sehr

Was war das schönste Geschenk, das ich von dir bekommen habe?

Welches Lied treibt mich augenblicklich auf die Tanzfläche?

Was war der schönste Ort, an dem ich jemals gemeinsam mit dir war?

ANTWORT

♡ über ♥

Welchen Lebenstraum würde ich dir gerne erfüllen?

Welche Band würde ich für mein Leben gern mal live erleben?

Welches Wort benutze ich zu häufig?

Welches Wort benutze ich zu selten?

Antwort

über

Welchen Lebenstraum würde ich dir gerne erfüllen?

Welche Band würde ich für mein Leben gern mal live erleben?

Welches Wort benutze ich zu häufig?

Welches Wort benutze ich zu selten?

ANTWORT

über

Mit welchem Tier habe
ich die größte Ähnlichkeit?

Was war die späteste Uhrzeit,
zu der ich nach durchzechter
Nacht heimgekommen bin?

Welche Drogen würde ich
ausprobieren, wenn es keinerlei
Auswirkungen auf meine
Gesundheit haben würde?

Mit welchem Tier habe
ich die größte Ähnlichkeit?

Was war die späteste Uhrzeit,
zu der ich nach durchzechter
Nacht heimgekommen bin?

Welche Drogen würde ich
ausprobieren, wenn es keinerlei
Auswirkungen auf meine
Gesundheit haben würde?

ANTWORT

über

ANTWORT

über

Welche Eigenschaft mag
ich nicht an meiner Mutter?

Welche Eigenschaft mag
ich nicht an deiner Mutter?

Welche Eigenschaft mag
ich nicht an meinem Vater?

Welche Eigenschaft mag
ich nicht an deinem Vater?

ANTWORT

über

Welche Eigenschaft mag ich nicht an meiner Mutter?

Welche Eigenschaft mag ich nicht an deiner Mutter?

Welche Eigenschaft mag ich nicht an meinem Vater?

Welche Eigenschaft mag ich nicht an deinem Vater?

ANTWORT

über

Was ist meine erogenste Stelle?

Was war das schönste
Kompliment, das ich in meinem
Leben bekommen habe?

An welchem Ort würde ich
am liebsten mit dir leben?

Wie stark bin ich?

gar nicht — sehr

gar nicht — sehr

Was ist meine erogenste Stelle?

Was war das schönste Kompliment, das ich in meinem Leben bekommen habe?

An welchem Ort würde ich am liebsten mit dir leben?

Wie stark bin ich?

gar nicht — *sehr*

ANTWORT

über

gar nicht — *sehr*

ANTWORT

über

Wie viel Platz im
Schuhschrank gehört mir?

Wie viel Platz im
Schuhschrank gehört mir?

Antwort

über

ANTWORT

über

Habe ich schon einmal heimlich Nachrichten in deinem Handy gelesen?

Was wollte ich als zehnjähriges Kind werden?

In welchem Land der Erde möchte ich am allerwenigsten leben?

Antwort

über

Habe ich schon einmal heimlich Nachrichten in deinem Handy gelesen?

Was wollte ich als zehnjähriges Kind werden?

In welchem Land der Erde möchte ich am allerwenigsten leben?

ANTWORT

über

Das gefällt mir am meisten an dir:

Das gefällt mir am wenigsten an dir:

Welches Lied würde ich auf
meiner Beerdigung spielen?

ANTWORT

über

Das gefällt mir am meisten an dir:

Das gefällt mir am wenigsten an dir:

Welches Lied würde ich auf meiner Beerdigung spielen?

ANTWORT

über

gar nicht sehr

Wie intelligent bin ich?

gar nicht sehr

Mit welchem Sternzeichen bin ich am wenigsten kompatibel?

Welchen Luxusartikel hätte ich gerne?

Was ist mein Traumauto?

ANTWORT

über

Wie intelligent bin ich?

gar nicht — sehr

gar nicht — sehr

Mit welchem Sternzeichen bin ich am wenigsten kompatibel?

Welchen Luxusartikel hätte ich gerne?

Was ist mein Traumauto?

Antwort

♡ über ♥

Warum wird die Welt untergehen?

Habe ich schon einmal ein
Date verlassen, ohne mich
zu verabschieden?

Würde ich für 1000 Euro nackt durch
meinen Wohnort spazieren?

ANTWORT

über

Warum wird die Welt untergehen?

Habe ich schon einmal ein Date verlassen, ohne mich zu verabschieden?

Würde ich für 1000 Euro nackt durch meinen Wohnort spazieren?

ANTWORT

über

Könnte ich mir vorstellen, eine Beziehung mit einem Menschen zu haben, der keinen Sex haben kann oder will?

Könnte ich mir vorstellen, in einer offenen Beziehung zu leben?

Bin ich schon einmal aus einer Bar geworfen worden?

ANTWORT

♥ über ♡

Könnte ich mir vorstellen, eine Beziehung mit einem Menschen zu haben, der keinen Sex haben kann oder will?

Könnte ich mir vorstellen, in einer offenen Beziehung zu leben?

Bin ich schon einmal aus einer Bar geworfen worden?

ANTWORT

über

Habe ich schon einmal daran gedacht, alles zurückzulassen und ein neues Leben an einem anderen Ort auf der Welt zu beginnen?

Würde ich unsere Beziehung beenden, wenn du ein Rassist werden würdest?

Würde ich unsere Beziehung beenden, wenn herauskommt, dass du mich hintergangen hast?

ANTWORT

über

Habe ich schon einmal daran gedacht, alles zurückzulassen und ein neues Leben an einem anderen Ort auf der Welt zu beginnen?

Würde ich unsere Beziehung beenden, wenn du ein Rassist werden würdest?

Würde ich unsere Beziehung beenden, wenn herauskommt, dass du mich hintergangen hast?

ANTWORT

♡ über ♥

Würde ich unsere Beziehung beenden, wenn du ins Gefängnis müsstest?

Wer war der interessanteste Mensch, den ich jemals getroffen habe – außer dir?

Wer war der erotisch anziehendste Mensch, den ich jemals getroffen habe?

ANTWORT

über

Würde ich unsere Beziehung beenden, wenn du ins Gefängnis müsstest?

Wer war der interessanteste Mensch, den ich jemals getroffen habe – außer dir?

Wer war der erotisch anziehendste Mensch, den ich jemals getroffen habe?

ANTWORT

über

Habe ich schon einmal Kräuter oder Gewürze geraucht, in der Hoffnung, sie würden mich high machen?

Habe ich schon mal etwas gestohlen?

Würde ich mein Geschlecht für ein Jahr tauschen, wenn ich es könnte?

ANTWORT

über

Habe ich schon einmal Kräuter oder Gewürze geraucht, in der Hoffnung, sie würden mich high machen?

Habe ich schon mal etwas gestohlen?

Würde ich mein Geschlecht für ein Jahr tauschen, wenn ich es könnte?

ANTWORT

über

Würde ich für 2000 Euro allein in einem Gruselschloss übernachten?

Habe ich schon einmal länger als eine Woche lang nicht ferngesehen?

Gefällt mir mein Spiegelbild?

Wie mutig bin ich?

gar nicht — sehr

gar nicht — sehr

Würde ich für 2000 Euro allein in einem Gruselschloss übernachten?

Habe ich schon einmal länger als eine Woche lang nicht ferngesehen?

Gefällt mir mein Spiegelbild?

Wie mutig bin ich?

gar nicht — *sehr*

ANTWORT

über

gar nicht — *sehr*

ANTWORT

über

Habe ich schon einmal einen Schatz vergraben?

Würde ich Fallschirm springen?

Würde ich gerne unsterblich sein?

Habe ich schon einmal
einen Schatz vergraben?

Würde ich Fallschirm springen?

Würde ich gerne unsterblich sein?

Antwort

über

ANTWORT

über

Glaube ich an Liebe
auf den ersten Blick?

Würde ich dir eine Niere
spenden, wenn ich dir so
das Leben retten könnte?

Habe ich schon einmal jemanden
im Rausch geküsst und konnte
mich am nächsten Tag nur noch
vage daran erinnern?

Antwort

♥ über ♡

Glaube ich an Liebe
auf den ersten Blick?

Würde ich dir eine Niere
spenden, wenn ich dir so
das Leben retten könnte?

Habe ich schon einmal jemanden
im Rausch geküsst und konnte
mich am nächsten Tag nur noch
vage daran erinnern?

ANTWORT

über

Hatte ich schon einmal Sex in einem Auto, Zug oder Flugzeug?

Wenn es ein Buch gäbe, in dem steht, wie die Geschichte der Menschheit zu Ende geht, ich aber gleichzeitig erfahren würde, wann und wie ich sterbe – würde ich es lesen?

Würde ich dir gerne mal Handschellen anlegen?

ANTWORT

über

Hatte ich schon einmal Sex in einem Auto, Zug oder Flugzeug?

Wenn es ein Buch gäbe, in dem steht, wie die Geschichte der Menschheit zu Ende geht, ich aber gleichzeitig erfahren würde, wann und wie ich sterbe – würde ich es lesen?

Würde ich dir gerne mal Handschellen anlegen?

ANTWORT

über

gar nicht — sehr

Wie eitel bin ich?

gar nicht — sehr

Habe ich dir schon einmal einen Orgasmus vorgespielt?

Habe ich schon einmal Klamotten des anderen Geschlechts angezogen und mich so im Spiegel angeschaut?

Was ist mein Lieblingsessen?

Wie eitel bin ich?

gar nicht — sehr

Habe ich dir schon einmal einen Orgasmus vorgespielt?

Habe ich schon einmal Klamotten des anderen Geschlechts angezogen und mich so im Spiegel angeschaut?

Was ist mein Lieblingsessen?

ANTWORT

über

gar nicht — sehr

ANTWORT

über

Wie viel Lösegeld würde ich aus meinem eigenen Besitz für dich bezahlen, wenn ich wüsste, dass das Geld danach weg wäre?

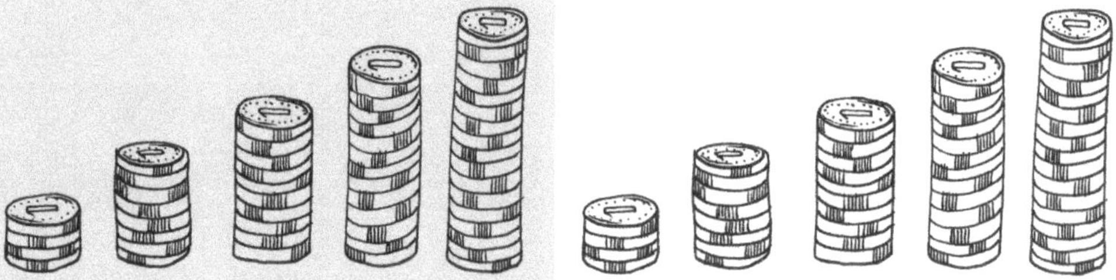

ANTWORT

über

Wie viel Lösegeld würde ich aus meinem eigenen Besitz für dich bezahlen, wenn ich wüsste, dass das Geld danach weg wäre?

ANTWORT

♡ über ♥

Bei welchem Gemüse wird mir übel?

Wie alt war ich bei
meinem ersten Sex?

Was ist meine allererste
Kindheitserinnerung?

An diesem Tag haben wir
uns das erste Mal geküsst:

ANTWORT

über

Bei welchem Gemüse wird mir übel?

Wie alt war ich bei
meinem ersten Sex?

Was ist meine allererste
Kindheitserinnerung?

An diesem Tag haben wir
uns das erste Mal geküsst:

Antwort

über

Mein schönster gemeinsamer
Moment mit dir war:

Mein schlimmster gemeinsamer
Moment mit dir war:

Mein schönster gemeinsamer
Moment mit dir war:

ANTWORT

♥ über ♡

Mein schlimmster gemeinsamer
Moment mit dir war:

ANTWORT

über

Welches ist mein Lieblingslied?

Was sehe ich als meine Heimat an?

Was ist mein Lieblingsgetränk?

Welches ist mein Lieblingsland?

Antwort

♥ über ♡

Welches ist mein Lieblingslied?

Was sehe ich als meine Heimat an?

Was ist mein Lieblingsgetränk?

Welches ist mein Lieblingsland?

ANTWORT

über

Was ist meine größte Leidenschaft?

Wie würde ich meinen (nächsten) Sohn nennen?

Wie würde ich meine (nächste) Tochter nennen?

Wie schön bin ich?

gar nicht — sehr

gar nicht — sehr

ANTWORT

über

Was ist meine größte Leidenschaft?

Wie würde ich meinen
(nächsten) Sohn nennen?

Wie würde ich meine
(nächste) Tochter nennen?

Wie schön bin ich?

gar nicht — *sehr*

gar nicht — *sehr*

ANTWORT

über

Das war das Alter in meinem Leben, in dem es mir am besten ging:

Welcher ist mein größter Wunsch für die Zukunft?

Das erste Wort, das mir einfällt, das mit »s« anfängt:

Diese Partei würde ich wählen, wenn morgen Bundestagswahl wäre:

Das war das Alter in meinem Leben, in dem es mir am besten ging:

Welcher ist mein größter Wunsch für die Zukunft?

Das erste Wort, das mir einfällt, das mit »s« anfängt:

Diese Partei würde ich wählen, wenn morgen Bundestagswahl wäre:

ANTWORT

über

ANTWORT

über

Meine Lieblingszeitung:

Mein Lieblingsbuch:

Meine Lieblingsblume:

Mein Lieblingsschriftsteller:

Ein Künstler, den ich
besonders verehre:

ANTWORT

♥ über ♡

Meine Lieblingszeitung:

Mein Lieblingsbuch:

Meine Lieblingsblume:

Mein Lieblingsschriftsteller:

Ein Künstler, den ich
besonders verehre:

ANTWORT

über

gar nicht sehr

Wie glücklich bin ich?

gar nicht sehr

An diese nicht-wissenschaftlichen Phänomene glaube ich (Geister, Astrologie etc.):

Ich glaube, das ist der Sinn des Lebens:

Mein schlimmster Alptraum:

Wie glücklich bin ich?

gar nicht *sehr*

An diese nicht-wissenschaftlichen Phänomene glaube ich (Geister, Astrologie etc.):

Ich glaube, das ist der Sinn des Lebens:

Mein schlimmster Alptraum:

ANTWORT

über

gar nicht *sehr*

ANTWORT

über

Ein großer Traum, den ich
mir noch erfüllen möchte:

Ein Tick, den ich mir
nicht abgewöhnen kann:

Mein schlechtester Flirtspruch:

Ein großer Traum, den ich
mir noch erfüllen möchte:

Ein Tick, den ich mir
nicht abgewöhnen kann:

Mein schlechtester Flirtspruch:

ANTWORT

über

ANTWORT

über

Mein schönstes Körperteil:

Darüber kann ich mich
tierisch aufregen:

Darüber mache ich mir
am meisten Sorgen:

Mein schönstes Körperteil:

Darüber kann ich mich
tierisch aufregen:

Darüber mache ich mir
am meisten Sorgen:

ANTWORT

über

ANTWORT

über

Ich glaube, das passiert
nach dem Tod:

Mein Lieblingssternzeichen:

Wie modisch bin ich?

gar nicht sehr

gar nicht sehr

Ich glaube, das passiert
nach dem Tod:

Mein Lieblingssternzeichen:

Wie modisch bin ich?

gar nicht — sehr

ANTWORT

über

gar nicht — sehr

ANTWORT

über

Meine größte Angst:

Das einschneidendste
Erlebnis meiner Kindheit:

Meine größte Angst:

Das einschneidendste
Erlebnis meiner Kindheit:

ANTWORT

über

Bibliografische Information der Deutschen Nationalbibliothek
Die Deutsche Nationalbibliothek verzeichnet diese Publikation in der Deutschen Nationalbibliografie. Detaillierte bibliografische Daten sind im Internet über http://dnb.d-nb.de abrufbar.

Für Fragen und Anregungen
info@rivaverlag.de

1. Auflage 2019

Nymphenburger Straße 86
D-80636 München
Tel.: 089 651285-0
Fax: 089 652096

Bei diesem Buch handelt es sich um eine Neuausgabe des 2016 erschienenen Titels *Ein Herz und eine Seele?*

Umschlaggestaltung: Manuela Amode
Umschlagabbildungen: shutterstock.com/Abstractor, Bro Studio
Satz: Andreas Linnemann
Druck: GGP Media GmbH, Pößneck
Printed in Germany

ISBN Print 978-3-7423-0858-0